拯救至高无上的精灵

[意] 罗贝托·帕瓦内罗 著 [意] 斯蒂法诺·图尔科尼 绘
杨玉 译

中国人口出版社
China Population Publishing House
全国百佳出版单位

北京市版权局著作权登记号　图字：01-2016-6964

TText by Roberto Pavanello
Original cover and Illustrations by Stefano Turconi, colors by Christian Aliprandi
Graphics by: Gioia Giunchi

Original Title: Salvate il gran viridius!

Translation by: Yang Yu

图书在版编目（CIP）数据

拯救至高无上的精灵 /（意）罗贝托·帕瓦内罗著；（意）斯蒂法诺·图尔科尼绘；杨玉译 .
-- 北京：中国人口出版社，2017.1
（弗拉姆巴斯·格林）
ISBN 978-7-5101-4672-5

Ⅰ．①拯… Ⅱ．①罗… ②斯… ③杨… Ⅲ．①儿童故事—图画故事—意大利—现代
Ⅳ．① I546.85

中国版本图书馆 CIP 数据核字（2016）第 231421 号

拯救至高无上的精灵

（意）罗贝托·帕瓦内罗著，（意）斯蒂法诺·图尔科尼绘，杨玉译

出版发行　中国人口出版社
印　　刷　北京瑞禾彩色印刷有限公司
开　　本　810mm × 1280mm　1/32
印　　张　5
字　　数　50 千字
版　　次　2017 年 1 月第 1 版
印　　次　2017 年 1 月第 1 次印刷
书　　号　ISBN 978-7-5101-4672-5
定　　价　19.50 元

社　　长　张晓林
网　　址　www.rkcbs.net
电子信箱　rkcbs@126.com
总编室电话　（010）83519392
发行部电话　（010）83534662
传　　真　（010）83515922
地　　址　北京市西城区广安门南街 80 号中加大厦
邮政编码　100054

目录

弗拉姆巴斯·格林和他的朋友们
弗拉姆巴斯·格林
有史以来，最真诚、
最勇敢、最特别的守
护精灵！
迪迪·卡佩尔维内莱
弗拉姆巴斯最好的朋友，
最出色的治愈师之一，从
未离开过琳法比安卡。
特罗戈罗
一个小野人精灵，用奇怪
的声音和别人交流，他的
手里永远握着一把弹弓。

果核和莴笋
一对最友善的精灵，是整个林法多罗的糊涂虫！
卡尔洛塔•巴伯
害羞保守，她极具摄影天赋。
提密斯•巴伯
巴伯家中最小的孩子，小莫扎特。
欧拉乔•普莱斯科特
爱发脾气的植物园守护人，他喜爱植物胜过喜爱自己的同类。

福尔西科精灵的级别划分

绿拇指仙： 精灵学徒，最开始只负责守护一棵树（辛普莱斯），随级别的上升，其守护的树木逐渐增多，一直到九棵树为止。正如所有的福尔西科精灵一样，他们一出生便有两根绿色的大拇指，这两根拇指里包裹着少量的绿树汁液。

绿手仙： 有经验的精灵，起初负责守护小森林，随着级别的上升，其守护的森林不断扩增，级别最高的负责守护百年丛林。在晋级仪式后，绿树汁液会在手掌里扩散开来，这样他们就可以用绿树汁液治愈各种各样的树木。

林区碧翠仙： 经验丰富的精灵，负责守护整个“绿林区”（统领着九百九十九个绿手仙）。他们的皮肤是浅绿色的，因为整个身体里都含有绿树汁液。

陆域碧翠仙： 极其出色的精灵，负责守护九十九个“次大陆域”中的一个（统领着九百九十九个林区碧翠仙）。他们的皮肤是绿色的。

元老碧翠仙： 聪明睿智的精灵，是从陆域碧翠仙中选拔出来的。元老碧翠仙一共有九人，他们组成了守护元老会。任期九年，帮助大碧翠仙做决策。他们的皮肤是深绿色的。

大碧翠仙： 拥有最高权力和地位的精灵，统领着所有的福尔西科精灵。任期九十九年，只可重任一次。大碧翠仙的年龄不能超过六百三十岁。他是唯一皮肤呈暗绿色的福尔西科精灵，因为他体内的绿树汁液的能量是无穷的。

长腿族的城市（即人类城市）
黑色区域
这里的窝是黑色的，空气是黑色的，云彩是黑色的，就连味道都是——黑色混浊的！这里的空间很宽阔舒适，从来没想过要改变！
严重危险
钢铁大路
这里有超级大的虫子们（火车）在长长的铁的枝干上飞驰着!
严重危险

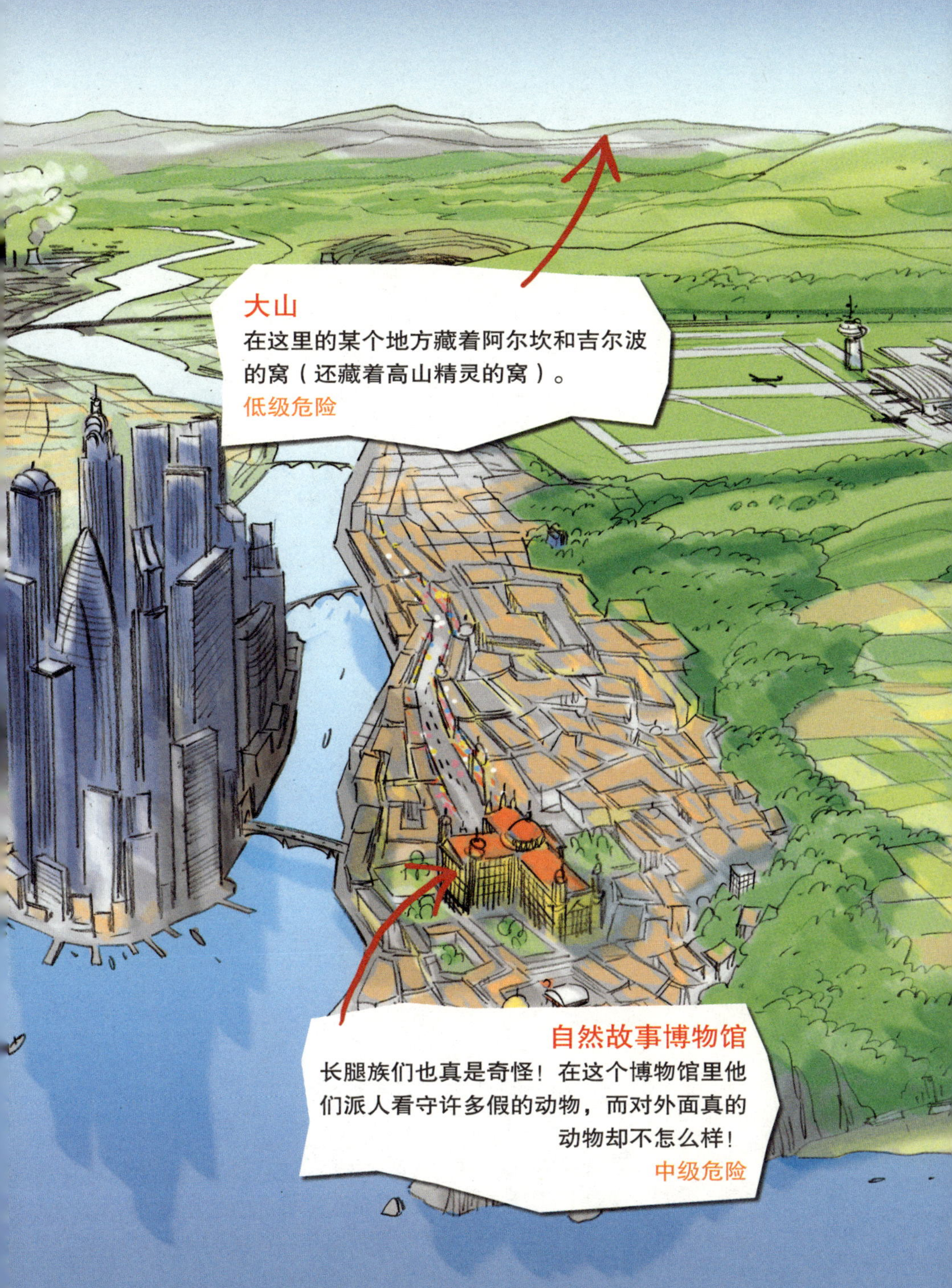
大山
在这里的某个地方藏着阿尔坎和吉尔波的窝（还藏着高山精灵的窝）。
低级危险
自然故事博物馆
长腿族们也真是奇怪！在这个博物馆里他们派人看守许多假的动物，而对外面真的动物却不怎么样！
中级危险

“我，弗拉姆巴斯·格林，

发誓将誓死捍卫我看管的树木，不滥用上天赐予我的绿树汁液。”（碧翠仙授予仪式上的宣誓词）

1.四对四

奥林普斯·卡佩尔维内莱坐在一个岩石脊背处的顶点，看着自己脚下的雪，他是林法多罗里面最至高无上的精灵。实际上，他在那里愣着神，抚摸着他的鹰。他怎么也做不到不去想，刚刚前几个小时发生的事情……

议会召开了一个有关于河流的会议（像往常一样是一场激烈的交谈），没有像平时一样有一个好的结尾，最后一分钟的争执，使这些年长的人分成了两队。

当然，问题也就是那些。但是在福尔西科精灵中，最有威望的几个，不理解地、怀疑地离开了会议室，这使得大碧翠仙很伤心。回忆起来，他活了五百多年来，还从来没有出现过如此严重的情形。

“这次，亲爱的尤妮斯，”奥林普斯一边小声地嘀咕道，一边抚摸着他那飞禽的白色脖子，“我想这次是触碰到他们的底线了！”

鹰摇着头，几乎不想再听他说这么难过的话了。

大碧翠仙闭上眼睛，试着让脑子不再想这些烦人的事情，但是这已经是他第一百次回想起那个痛苦的下午了……

在消息还没到的时候，他紧急地召集来了议会的成员们，在他们还没到之前，他等得

就像热锅上的蚂蚁一样。事情是这样的，在莱万特边界一个叫兰道夫的碧翠仙，为了阻止一场激烈的对东部森林的破坏行动，对人类宣战了！

之前从来没有过一个福尔西科做过类似的事情。尽管，有时候人类的行为是很可恶的，但“战争”这个词从来没有在福尔西科精灵的字典里出现过，这也违背了他们的行为守则。整件事情更严重的是，兰道夫开战之前，没有通知任何人，也没有和任何人商议过！

当议会成员听奥林普斯说了这个令人吃惊的消息后，他们的第一反应也是他预料到的。

“太难以置信了！”

“福尔西科们讨厌暴力！”

“我们需要马上插手！”

他们建议立刻派去一个由精心挑选出来的精灵组成的工作组，到那里去维持秩序，罢免兰道夫的管理权力，立刻把他带到议会全体面前！

但不是所有的议会成员都这么认为。有些精灵认为，人类在莱万特的行为，对于曼提洛·威尔德来说是不可复原的破坏性行为。其他几位有的说他们已经插手得太晚了，这些都是可预见的结果，最终到了这爆发的时刻。轮到尼禄·斯格隆布斯了，他是所

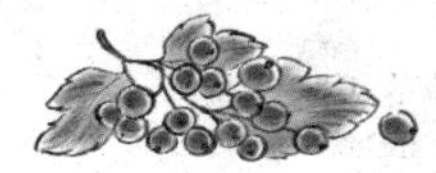

有议会成员里性格最刚硬、保守的一位。

当看见他脸上带着那得意的笑容，站起来开始讲话的时候，奥林普斯就意识到了最坏的结果。而尼禄一开口果然如他所想。

“朋友们，”他这样开始说道，环顾了一下四周，“我同意你们所说的，兰道夫的方式不是通常福尔西科所采用的。暴力是一件非常可怕的事情，不属于我们的传统习惯。但是我要问你们，看到长腿族们正在莱万特森林危险地、肆意地行动着，我们应该怎么选择呢？他们有没有表现过好的方面？没有！

“他们有没有怜悯过动物和植物们？也没有！除了暴力以外他们不懂其他的语言

了！所以，我说，这一次，就这一次，我们也要说他们人类的语言！”

议会成员听完这句话后，都说不出话来了。奥林普斯也感觉到不寒而栗。

“你想说什么？”他马上质问道，“你想说要支持兰道夫的行动？你是这么想的吗？”

“也不全是，奥林普斯，”议员尼禄平静地回答道，“他的倡议要制止。但是也要制止长腿族们。我提议，首先那个该死的笨蛋应该

马上被换掉，指挥官应该是一位更懂得策略的精灵，不要进攻人类，要把损失降到最小。”

“损失？”大碧翠仙喊道，“尼禄，你疯了吗？用暴力是解决不了问题的，只会有更多的麻烦！我们是精灵，在我们上千年的历史中，我们从来没有使用过长腿族们的野蛮方法，我们也永远不会用到！”

只要在有需要的时候，奥林普斯总是会大声地把他想的事情说出来的。他谁也不看，

连那个头脑发热的斯格隆布斯也不看，其他的议会成员，马上就提出来要逮捕和审判兰道夫。但他不同意这么做，他总是喜欢用谈话方式来解决问题，对所有精灵都一样。

所以，他在议会上提出了第三个建议，那就是派一队人马去莱万特，在让他缴械之前，先听听兰道夫这么做的理由。他认为这是一个合理的解决方法，但是没有一个精灵听他的！有些精灵认为他的提议太软弱了，其他的精灵认为现在说什么都太晚了。他们又开始了争吵，都不愿

意站在别的精灵的立场上去想一想。

最后，议会中的四位议员赞成开战（只要不是兰道夫来指挥战斗），四位议员反对开战（马上派士兵过去然后关押反动的精灵们）。奥林普斯对此非常的失望。从另一个角度来说，他很了解他们，他们可以一直这么争执下去好几个月，而不去真正地解决问题！正因为如此，他决定终止会议，没有用他的权力来压制任何精灵，在他任职期间，他从来都没有对任何精灵施加过什么。

他把注意力又放回到林法多罗山谷，雪闪闪发光。

那是一个非常寒冷的冬天，福尔西科们都尽量减少外出活动。也许是因为这个，派人马去莱万特的想法也被驳回了。

“没有其他解决方法了吗？就我和你去吗？”他最终看着鹰的眼睛，这么说道。

鹰拍打着翅膀，向天空中长鸣了两声。

“我知道，我知道你准备好了。但你要知道，这次可是一个比较危险的任务。你确定你可以吗？”

鹰把头向一面侧了过去，困惑地盯着奥林普斯，好像在问他在怀疑它的忠诚吗？

“怎么会呢，小笨蛋！我不是怀疑你！”大碧翠仙猜到了它的想法并安慰着它说，“只是我很想光明正大地出发。但是这次我要悄悄地走了……你觉得呢？当然了，至少我会和

某些精灵说一声的！某些很关心我的精灵！”

他调整了一下用白桦树做的背包带子，然后跳到了鸟背上。

“勇敢点，我们要赶在天亮之前离开，”他看着东边说着，“飞吧，我的老朋友！飞吧，飞吧！”

听到那声命令后，鹰伸了伸脖子，然后就一个俯身冲向了山谷，拍打了两下翅膀回到了高空，在平静的夜空中飞翔着，像天空中的女王一样。

2. 一只乳白色的兔子

异日城的雪景特别美。

而尼法阿公园里的景色更美。

白色的雪覆盖了所有花坛和整个草坪，池塘结了冰，黄杨篱笆墙上也挂着一个个的小冰柱，简直就像是在一个童话世界里，许多的游客都慕名而来。

当然，这些游客中也包括卡尔洛塔和提密斯。卡尔洛塔拍着照片，拍得她的食指都快断了，还不停地记录着每一条白色线条，

而提密斯更情愿带着他的滑板，在公园的雪道上试试身手。

“你看有多少人哪！”提密斯冲着他姐姐喊道，然后就往冰面上滑走了。

果核、莴笋和特罗戈罗陪他们一直到那里，后来却都在一棵银杏树上睡着了，因为那会儿他们享受了精彩的摔跤表演，笑得都差点掉下来。

不过，在下午过半的时候，弗拉姆巴斯召集了所有绿细胞的小精灵来到温室后面，上一堂特别的训练课。

“我决定利用这次大雪来给大家补充一个精灵如何在积雪里伪装的技能。”

“老大，什么是‘雪积’？”莴笋问道。

“积雪，不是‘雪积’！”果核像平时

一样训斥她。

“就是雪，对吧？”

但是碧翠仙继续讲着他的，没有太在意他们。“我们将学习两到三个技能，用来在雪上行走而不被发现。你们准备好了吗？第一个技能叫作‘貂式’。”

“什么是‘小调式’，老大？一种蛇吗？”

“他说的是d——i——āo——貂！”果核又开始了，“你怎么回事，耳朵被堵上了吗？”

“就像你们已经知道的，貂的皮在夏天是棕红色的，但一到了这个季节就变成白色的了，除了尾巴尖还是黑色的。”

“老大，你想让我们把鼻子给涂成黑色吗？”

“不用，莴笋。我想让你们把这个软膏涂到脸和手上，然后在雪地里打滚直到你们全都变成像貂一样的白色！你们准备好了吗？”

高昂的“呜嘎”声在空气中回荡着，先是果核一头扎进了雪堆里，马上其他的两个人也都模仿着他的样子。

“迪迪呢？没来参加伪装课？”

“没来，卡佩尔维内莱教授负责异日城绿细胞组织的科学事物，她有更重要的事情

要做……”

“是这样的，在冬天树会冬眠，但不意味着它们就没有危险了。”她给其他小精灵解释着，前几天，他们观察了周围树木光秃秃的树干。然后在树皮上放了一个支架，可以当作远端的耳朵。

“那是个什么东西，卡佩尔维内莱小姐？”莴笋好奇地问她。

“这个吗？这是一个听诊器，用来听诊树在休眠状态下树皮层下的情况的。”

莴笋困惑地看着她。

“不好意思，莴笋，我刚才有点心不在焉！实际上，这是一个小的工具，用来监测正

在休眠的树是健康的还是需要修复的。”迪迪更浅显地解释道，“现在明白了吗？”

“从它们发出的声音来判断。树休眠得好的话会显现一个正常的声音，随着树年龄的增长声音也会跟着变的，树越年轻声音越尖锐，树越年老声音越沉重。明白了吗？”

“明白了，小姐！我也可以来试试吗？”

迪迪立刻遂了她的心愿，让她试试。

“但是……我什么也没听到……”莴笋挤着眼睛说道，“是不是说这棵树死了？”

“不是的，莴笋，这棵树很健康！这个听诊器用起来不是很容易掌握的，需要不断地实践。等有时间我好好教你，但现在我要继续我的工作了。异日城的树有上百棵，我得快点按时完成我的工作。”

接下来的几天，又下雪了。温度一下就降了下来，来公园的人也明显少了许多，特罗戈罗可以整天地练习滑板了，他照着提密斯的滑板给自己也做了一个。莴笋和果核去为他喝彩，尽管他们的笨朋友连一分钟都还站不起来呢。

那天晚上，当特罗戈罗回到植物园园长欧拉乔·普莱斯科特在公园里的“老窝”时，屁股上全是青青紫紫的，鼻子还擦破了。

“哎，如果可以的话，你可别玩散架了啊！”弗拉姆巴斯边说边递过来一块欧拉乔给他和他朋友准备的饼干，还泡了果茶，“这几天我可还需要你呢。”

“迪迪不来吗？”老园长问道。

“估计马上就到了。”碧翠仙回答道，

然后又变得严肃起来，“她正为这么冷的天气而担心……”

就在这时候门开了，卡佩尔维内莱教授冻僵了似的滑了进来。

“一个坏消息。”她边摘掉手套边走到电火炉前面烤火，他们的陆上坐骑依波利达和噶尔外斯顿正舒舒服服地躺在那里，“我发现了几棵痛苦的梧桐树……如果天气还是这么一直冷下去的话，它们会被冻住的，还有它们的汁液会被破坏的！”

福尔西科们都认真地听着，大家都明白这个小精灵在说些什么。树干里的绿树汁液即将冻住，树干就会断裂……树就死了！

“你有什么办法呢？”弗拉姆巴斯问道。

“首先你们都要学会雪地里伪装。如果

我们能及时发现树有危险，也许我们就能救它。我一个人是不行的……有太多棵树了！”

“我可以使用听诊器吗，卡佩尔维内莱小姐？”莴笋问道，“尽管它很难掌握。”

迪迪笑着点了点头。

“一个老得像我一样的长腿族能帮上什么忙吗，亲爱的？”欧拉乔也参与进来。

“当然了，欧拉乔！你们全都可以。

对了，为什么不叫上卡尔洛塔和提密斯呢？我先去给琳法比安卡发个信，我们还需要更多的人手……”

两声砰砰的敲门声打断了她。欧拉乔去开了门，一个浑身都是雪的有三十厘米高的精灵站在门口，身后还跟着一只乳白色的兔子。他们看起来筋疲力尽。

“你是林法多罗派来的信使吗？”弗拉姆巴斯大声地问道，看到在白白的积雪下面隐藏着的深绿色的皮肤。

可怜的家伙几乎被冻僵了，发着抖说了几句让人听不懂的话：“消……大……精……消……大……精……”

“别着急，我的朋友！”弗拉姆巴斯对他说道，“你一会儿再说话。你先歇一会儿……”

但信使听不进去劝说。他努力地从斗篷里拿出一个信封交给了迪迪，她一眼就认出了信封封口处的印章——两颗交叉的松果。是大碧翠仙的来信！冒着生命危险被送来的大碧翠仙的信！

小精灵打开了信封，一口气读完了信。她爸爸不是经常给她来信，除了重要的事情之外。

当迪迪读完信抬起头来的时候，脸上显露出了担心，非常担心！

3. 尤妮斯，站起来！

奥林普斯很了解他的坐骑，知道它有着超人的耐力。

所以，从他们出发开始他就没有担心，他们几乎一直不停地向东飞着（除了停下来过一两次吃东西，休息了一下）。

大碧翠仙尽量远远地飞离林法多罗，以防有人会来阻止他。另外，他也要尽快准时赶到远在另一边的莱万特去阻止兰道夫。尽管疲劳，但是他相信他做了一个正确的选择，离家

越远他的这种信心就越强。

在路上的最后一天，他们飞过了好几个不同的人类城市，飞过了有着积雪的高山，飞过了很大的湖泊，看见“机械兔”在路上飞奔，然后又飞过了平原、山丘、小乡村、沼泽和庄稼地。他们甚至看到了在远处闪烁的大海。

现在已经是黄昏了，可怜的尤妮斯也显得有些疲惫了……

奥林普斯叹了口气，示意着，该是停下来的时候了，黑夜要来临了。说实话，他也开始感觉腰有点疼了。

“变老了真不是件好事。对吗，尤妮斯？来吧，你找个合适的地方落下来吧，咱们也喘口气。我们这几天飞得够多的了，你觉得呢？”

鹰用它那尖锐的叫声表示了同意。

在他们下面是一片无际的高原雪山，覆盖着茂密的针叶松林，中间还有一条蜿蜒曲折的河流，河水很深。尤妮斯在看到有一块松树旁的空地后，就展开双翅，开始慢慢朝地上落下来。

奥林普斯也跟着它俯身向前，来减轻鹰的负担。它是真的累极了，一路上都是迎着风的，对视力肯定有影响。所以，当它看到有东西在树干和雪堆之间移动的时候，它有点不能相信自己的眼睛。

“小心一点，我的老伙计！你看不见下面吗？”

尤妮斯低下头，有点退缩了。都没来得及躲开再飞起来，只听到空中传来两声撕裂的声音，鹰被打到了，侧着滑翔着。大碧翠仙没有预料到这突发事件，用两只手抱紧了它的脖子防止掉下来。他后背一凉，突然想起来，因为着急出发，忘了带精灵降落伞了。

“唉，怎么这么马虎？！”奥林普斯懊恼地喊道。

他看着鹰收起翅膀，向地面俯冲着。“慢一点，拜托！慢一点，我说了！”

但尤妮斯并没有慢下来，反而加速了。风像鞭子一样打到奥林普斯的脸上，老精灵眯着眼睛。

“哦，该死的家伙！”他边用脚后跟踢着鹰边大喊道，而鹰却是全速朝着深林俯冲下去，“不是这里，尤妮斯！不要降落在这里！我们得飞起来啊！”

但鹰好像变聋了一样，像一颗导弹一样一头扎进了丛林里，在最后一刻躲开了一棵巨大的树干，撞到了一堆积雪上，幸运的是成功降落了。

奥林普斯从雪堆里爬了出来，开始大骂道：“你这个白痴，白痴！你怎么回事

啊？这是一个降落地点吗？我们两个都可能会摔断脖子和骨头的，你知道吗？哎，尤妮斯……我在跟你说话呢，你知道吗……”

但鹰却在地上一动也不动，羽毛全都摔得乱七八糟的。大碧翠仙在它旁边喊着，直到看到它的脸，它的嘴微微地张开着，眼睛却是闭着的，幸运的是它还有呼吸。

“嘿，我的老伙伴……”奥林普斯担心地走近它说着，“你这是怎么了？你伤到哪儿了？不会是……”

他没有把话说出口。雪地上，在鹰右边的翅膀上可以看见有一大片的红色。

这么冷的天气，在一个陌生的环境里，他这么大年纪了，还发现他的朋友受了伤，可大碧翠仙不愧是至高无上的精灵，他已经

习惯了控制他的感情，更重要的是相信大自然。

他也不是第一次照顾一只受伤的鸟了，他从袋子里掏出了急救包。就在这个时候他注意到了什么东西。

他竖起耳朵听着，是一种急促的呼吸声，还能确定有一个脚步声。

更确切地说是……长腿族的脚步声！他好像还能听见一个沙哑的声音在喊着什么：“加油，小可爱！加油，真棒！找到它，小可爱！”

精灵感到毛骨悚然。他从松树低处的树枝后面看着，看到了一只猎犬的影子，正用它那大大的鼻子在地上闻着，正在一点点地靠近他们。

他马上跑回鹰的身边。“快点，尤妮斯！站起来！来人了！我们要从这里离开！”

听到这话后，可怜的鹰非常吃力地睁开了一只眼睛，但马上又闭上了。

4.突然离去

所有人都在植物园里睡着了。

动物们在高大的热带植物树叶间睡着；福尔西科们在他们那舒适的，差不多鞋盒子大小的木屋子里睡着；连信使也在休息过后，靠着他那睡在榕树下的乳白色的兔子睡着了。

但并不是所有人都这么安静地睡着。

例如，特罗戈罗在梦里还梦着他那生疏的滑板技巧，时不时还会尖叫两声。

莴笋也说着梦话，试着重复她前一天学会

的几个复杂的单词，听诊器……听诊……诊器……

唯一醒着的就是迪迪了。

信使的突然到来，还有那封她爸爸写给她的信，让她很担心，一点也睡不着。她把信读了一遍又一遍，试图找出藏在字里行间的一些信息，把信都快背下来了。就连现在她还把信放在面前，机械地读着那些字，一遍又一遍，读着最后一段……

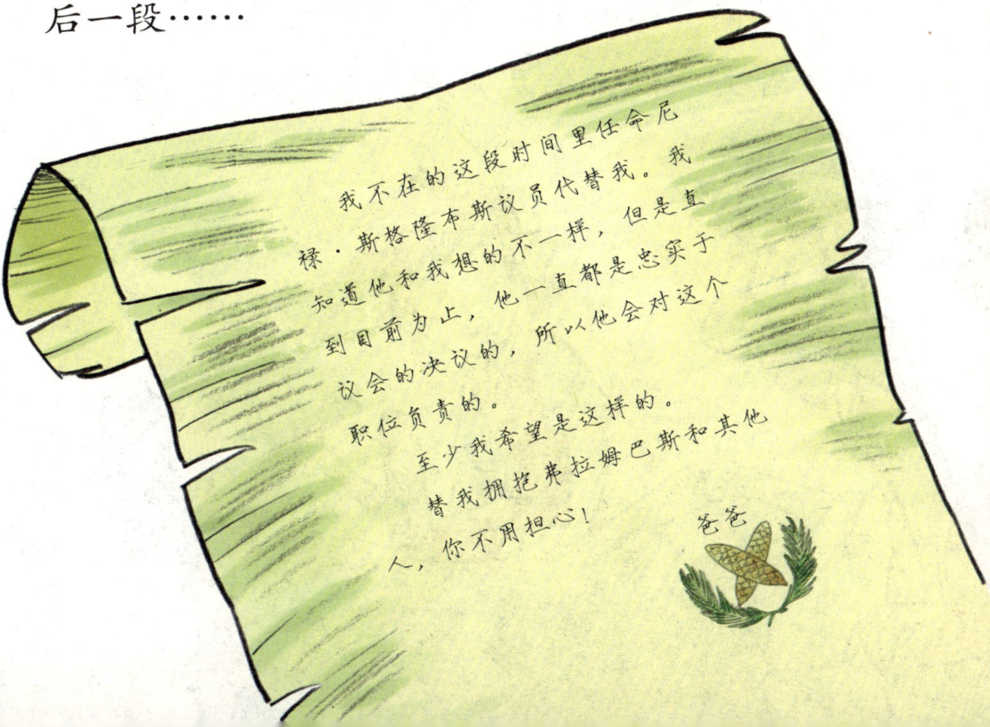

我不在的这段时间里任命尼禄·斯格隆布斯议员代替我。我知道他和我想的不一样，但是直到目前为止，他一直都是忠实于议会的决议的，所以他会对这个职位负责的。

至少我希望是这样的。

替我拥抱弗拉姆巴斯和其他人，你不用担心！

爸爸

最后当她终于睡着了的时候，又开始梦见爸爸对她笑。随后她爸爸的表情就变了。天在下着雪，天气非常寒冷，森林里一个人都没有。奥林普斯一个人努力地在暴风雪里走着。风吹得他抬不起头来，每走一步，积雪都没到了他的膝盖那里。暴风雪不仅没停，而且来得更加猛烈了。地上厚厚的积雪，把他都淹没了，几乎都看不见他了。迪迪试着去喊他，但是声音怎么也从嗓子里出

不来。当她再睁开眼睛的时候，发现自己坐在床上，全身都出了汗。

弗拉姆巴斯在她面前，担心地看着她。

就在这时，太阳刚好升了起来。

“做噩梦了？”小精灵问道。

“爸爸有危险。我能感觉到！”她擦着额头回答道。

“你怎么能这么确定呢？他信上说了别为他担心……”

“在这种情况下，我的感觉从来都不会错的，弗拉姆。”小精灵迪迪说道，“我确定他肯定出什么事了！”

“那你想怎么做？”

“我要离开。我要马上去找他！”

“离开？那你的工作呢？那些要被冻死

的树木呢？”

“要你们替我来做了。我会教你们所有应该知道的东西……”

“但你不能一个人去！你知道现在这个季节的莱万特是个什么情况吗？太危险了！”

“我习惯了危险。”

“要不我们先去通知一下林法多罗，这样不是更好吗？如果可以的话，我们可以派一支救援队去。”

“那需要好几天的时间呢，我怕那时就太晚了！”

“迪迪，你理智一点……”

但迪迪好像不怎么能听进去他的话。吃早餐的时候，她要走的事情已经让绿色细胞的小家伙们和欧拉乔担心了起来，他们都知道事情

的严重性。

“如果卡佩尔维内莱小姐担心她的爸爸的话，她必须去！”莴笋很肯定地说着，“我们可以给弗拉姆巴斯搭把手，去照顾那些树的，对吗，伙伴们？”

“说得对！小姐，你也可以托付给我们！”果核确定地说道。

特罗戈罗为了证明他的能力，在那儿像捻着一把枪一样地捻着那听诊器。

“看见了吗，弗拉姆，”迪迪笑着说，“你可以有这么多靠谱的帮手了！现在可以放心了吧？”

“你应该知道，我担心的不只是那些植物……”

“实际上她不是那么有信心一个人在大冬天里出远门。”欧拉乔观察到了，“弗拉姆巴斯，

你陪她一起去不是更好吗？”

“我倒是想去呢，可怎么去啊！”精灵握着他的手说道，“不管有没有危险，我都情愿陪着她去。但是在这里，我有事情要做啊，我是绿细胞组织的管理者，一个希尔维诺守护精灵是不能随便离开他的职位的，尤其是像我这样一个陆域碧翠仙！”

精灵们和守园人都看着他，没有再说什么。

迪迪这一整天都在教其他人，在她不在的时候如何替她工作。当提密斯和卡尔洛塔来了后，也跟着他们学着。“在冬眠的这段时间里，汁液的流动会很缓慢，并不是全部都停止了。”她解释道，“而里面的水分是在任何情况下都不能冻住的。明白吗？你们有三种方法来保证不发生类似的情况……”

她说着一个又一个方法，然后说回到听诊器的使用上了。“当汁液快速流动的时候，植物就像在唱歌一样，但是当汁液流动开始慢下来的时候，就只会发出一个音符，长而稳定……像la la la la la la la la la la……你们用这个听诊器就能听到。只有当你什么都听不见的时候，就需要注意了。明白吗？”

之后，她又给小精灵们讲了讲如何使用绿树汁液。

“你们要注意汁液的用量和强度，别把汁液用完了！你们只能在最危急的情况下使用它。当你们觉得树的声音听起来很弱的时候……”

“如果听不到声音了呢？”果核想搞明白地问道。

迪迪打开了一个植物学的公文包，从里面拿出了一支小玻璃管，里面盛有淡黄色的液体。

“这是什么？卡佩尔维内莱小姐，是尿吗？”莴笋问道。

“不是的，莴笋！”精灵笑着说道，“这是夜星的提取物。是一种如今再也找不到的花，也是唯一在绿树汁液不管用的情况下可以救急的东西，用一滴就够了。”

“管用吗？”提密斯怀疑地问道。

“当然。药性非常厉害，如果使用不当的话，不仅救不活植物还有可能会杀死植物。所以你们要特别注意，就一滴直接滴在根部！明白了吗？”

迪迪在太阳马上要落山的时候讲完了她的课。现在出发有点晚了，不过她也没有别的选择，每多等一小时都会有不可预测的后果。她吹响哨子（每一个级别较高的福尔西科都会在脖子上戴一个指挥哨）叫来了吉尔波——她的棕色鸢。

到了要说再见的时候了，欧拉乔又开始做弗拉姆巴斯的工作，“去吧，我的孩子！就算你和她去了，又会发生什么更严重的事情呢？”

“别再劝我了，求你了，我真的不能去。”

“你当然能去了，老大！”果核跟着说道，“用迪迪教我们的小妙招，我们可以胜任的！”

“然后，”莴笋接着说道，“树木都已经习惯了如何过冬，而一个小精灵孤身一人却不行，她需要一个勇敢的骑士去保护她！去吧，老大，你应该去的！你自己也知道的……”

这次弗拉姆巴斯没有说话，低下了头，长叹了一口气。迪迪背对着他，没有勇气看着他。当听到哨声的一刹那，她的心里涌上一股暖流，那是弗拉姆巴斯呼叫阿尔坎——他的鹰的声音。

“好啊！”欧拉乔和其他小精灵欢呼道，都为他做的这个决定而高兴。

在出发之前，年轻的精灵弗拉姆巴斯把特罗戈罗叫过来，一只手放在他的肩膀上，对他说道：“我任命你担任绿细胞组织的管理者，在我不在的这段时间里。我相信你会尽你的全力，去保护异日城的植物！”

“呜嘎！”特罗戈罗立正回答道，眼眶有点湿润了。

他们很快和大家告别完了。半个小时后，一只鹰和一只鸢都向着东方飞去了，太阳在它们的身后落了下去，映射出了一片紫色的祥云。

5.
驶向未知世界

这是弗拉姆巴斯和迪迪第一次一起出这么远的门。

以前每次都是出来游玩，但这一次却不一样，两个人的脸上都是一副很担心的表情。

唯一没有因为突然、紧急出发而受到影响的就是吉尔波和阿尔坎了，它们在空中翱翔着，轻轻地扇动着它们的翅膀。

头一天的晚上，他们一直飞，直到天空全部黑下来才停下来休息。然后又在天蒙蒙

亮的时候出发了，在短短休息的几个小时里，两个人一句话也没说。

他们从小就认识了，所以在交流上从来都没有出现过一点问题。

而现在，两个人好像都不会说话了似的！

实际上，两个人脑子里都在想着事情，都沉浸在自己的世界里，几乎把另一个人的存在都给忘了。

迪迪想着无数件事，在她脑子里转来转去，想到她爸爸的事情，想到这几天这么冷，那些植物怎么熬过去，然后又开始想她爸爸，他是怎么想的，为什么一个人离开？树呢？他们能处理好吗？那天晚上做的那个

梦，她的朋友们能用好夜星提取液吗，不会出什么事吧？

弗拉姆巴斯除了为绿细胞组织担心之外，也在为奥林普斯担心着，毕竟在临走前他找了人照顾他们。果核和莴笋会听特罗戈罗的话吗？特罗戈罗有这个能力完成他的任务吗？听诊器用得怎么样啊，还有其他都好吗？

最后弗拉姆巴斯决定不再去想这些了，都是一些没有答案的问题。现在只需要相信福尔西科的本能，还有就是能有点好运气。他现在的任务就是保护他的朋友，在精神上支持她。他晃了晃脑袋让自己不再去想那些忧虑的事情，冲着迪迪笑了笑。

“风景不错啊！你不觉得吗？”

“嗯……”她答道。

“你饿吗？欧拉乔给我们带了特别好吃的饼干……”

“不用了，谢谢，我不想吃。你，”她提醒道，“你有没有看好方向啊？”

“当然了！我相信阿尔坎。从我们一起飞开始，它就从来都没飞错过路。”

“希望吧。那兰道夫的区域呢？你知道是哪块吗？莱万特很大的……”

“哎，你怕什么啊，我可是陆域碧翠仙，你忘了吗？你不知道我们的标准装备里有一个哨子和一张三百六十度全方位的地图吗？”

“三百六十度全方位？”

“空中视角。把全世界分成四大块区域，每块都有九十九个地区。我今天早上查看过了，兰道夫的地方在第六十六区域中，在靠近东南边界的地方。我们全都在按照地图走着呢，你可以放心了吧！”

“你说放心？我先要确认一件事……”

迪迪挺直了腰板，闭了一会儿眼睛。当她再睁开眼睛后，她脸上露出了太阳般温暖的微笑，说道：“现在我可以放心啦！爸爸

到达目的地了！”

“不是……你是怎么知道的？”弗拉姆巴斯用怀疑的眼神看着她。

“这很难解释。我知道，这就够了。相信我。”

小精灵点了点头，没再说什么。其实他也一下放心了不少。

就这样他们飞行了几天。他们一直这样不停地飞着，每次当他们的飞禽实在飞不动了的时候才会停下来休息。

他们越靠近东方天气就越冷。在那灰色的天空下面，飞着飞着就感觉失去了时间概念，如果是靠他们掌控方向的话，可能早就迷路了。当他们刚刚有点怀疑是不是方向错了的时候，阿尔坎就伸直了脖子，长鸣一

声，那是在表示它非常肯定路没有错，像是说着："在这边，我的朋友们！在这边！"

最后，他们终于到达了六十六区域的上空，在他们下面的是一片一望无际的树林和一条深深的、曲折的河流。

"我们到了！"弗拉姆巴斯兴奋地叫着，"阿尔坎想降落了。"

他们刚一落地，就看到眼前那触目惊心

的一幕。

十几棵被砍断的树，像战败的士兵一样，倒在地上。在这么荒凉的地方，可以看见这边、那边，到处都堆满了成堆的长腿族们已经锯好了的木材。

“真是灾难哪！”弗拉姆巴斯站在过膝的雪地里叹息道，看到这么暴虐的行为，他的眼神里充满了难以置信和恐惧。

“就是因为这个爸爸才来到这里的……”迪迪小声地感叹道。

她还想要说什么，突然就听到一个机器的轰响声，离他们有两百棵松树远的样子，一下子打破了森林的宁静。迪迪和弗拉姆巴斯互相担心地看了一眼，只有长腿族们才会制造出如此可怕的声音！

他们马上飞到了空中，从上面看到了五六个穿着黄色制服，脚踩高靴的人。他们手上拿着锋利的锯，发出让人无法忍受的噪声，他们正像砍断一棵小草一样地砍着那些树。

6. 蓝色的脚

“你用反了！”果核对萵笋喊道，她正反着用听诊器，试着听一棵梧桐树的树皮。

“我知道呀！你想干吗？”她狡辩地回答道，“我就是想看看这么反着是不是也能用。”

果核摇着头。他们收到欧拉乔派的任务，去查看查尔斯·狄更斯街道，那是一条大马路，两边全是树，一直通到尼法阿公园后面，两个小时过去了，他们却连一半也没弄完！

“快点，你这个慢吞吞的家伙！”男精灵

冲着她喊道，“你弄好了吗？”

“你别烦我了好不好？”她喊道，“我还要爬到树顶呢！”

迪迪在这一点上解释得很清楚，树发出的声音不管是顶部还是底部都必须是一样的。如果不是的话，就说明树有问题了！

莴笋有点吃力地爬上了树，戴上了听诊器，吐着小舌头，努力地让自己集中精力，听了听然后笑着跳了下去。

“一切都很好，果核！”

这棵爱唱歌的大树，发出的声音非常的规律！

在离那儿不远的地方，特罗戈罗（他总喜欢自己一个人工作）刚刚听完阿斯特丽德·林格伦李子树，现在有点担心那些用来装饰鲁德亚德·吉卜林广场的椴木了。

当然了，弗拉姆巴斯教给大家的雪地伪装技能，对所有的小精灵来说不是那么容易的，大白天的在市中心，还要在树上来来去去，但他们都处理得非常好。所以，第一天工作结束后，他们就检查完了公园周边街道上的所有树木。

在第二天、第三天的工作中，绿细胞组织的小家伙们集中在城市的南部，一点点往港湾附近靠近。那里的交通更为复杂，对于小精灵们来说，这才真的是个挑战。他们要特别小心，避免被长腿族们的机械兔给压到了！

第四天工作的时候，真正的问题才来了，当莴笋、果核还有特罗戈罗正在回异日城的路上时，气温一下子降了有五度。中午的时候，当三个福尔西科回到尼法阿公园时已经快被冻僵了。更糟的是，莴笋的听诊器被突然从后面拐角开来的一辆公交车压得粉碎。

“你真棒啊！那现在可怎么办？”果核立刻责备她，“你可别想借我的，知道吗？”

“我不需要你的！没有听诊器我也能听到树的声音！”

下午的时候小精灵们都聚集了起来，巴伯姐弟也来了。

提密斯迷上了树发出的美妙音乐，像着了魔似的听着各种不同的树发出的声音，他能够分辨出每一种树的声响来。“这个是

D大调……这个是Sol小调，Mi小调。柏树发出来的声音是Mi小调。你看这就是为什么它们会被种在墓地附近……”

卡尔洛塔总要走回来拽他。

“走啦，提密斯，快点走啦！我们要在天黑之前完成！”

检查完了街道，没有什么坏消息，但他们和其他人一样都冷得要死。

特罗戈罗最后一个走进欧拉乔的屋子里，打着哆嗦，脚都冻成蓝色的了。

“特罗戈罗！你终于回来了！”莴笋

向他打着招呼，“我们都为你担心了！你怎么把脚给涂成这个颜色了？”

“你这个笨蛋，这是冻的，你看不见吗？”果核斥责她说。

“年轻人，我跟你说，这么冷的天穿着夹脚拖鞋出门可不是一个明智的选择啊！”欧拉乔看了后说道，“明天给你一双暖和点的鞋子，怎么样？”

可精灵连他的话听都没有听见，一下就躺到了电炉子前面，和噶尔外斯顿、依波利达做着伴，四秒钟过后，居然呼呼大睡过去了，还打着震耳的呼噜。

7. “电锯”

在那天下午，就在离这儿数百公里以外的地方，迪迪和弗拉姆巴斯看到了几十棵树在长腿族们的手中，像火柴棍儿似的倒下了。

“太可怕了！”女精灵骑在吉尔波的背上说道，“他们这是在大屠杀啊！”

“他们手里拿的那个是个什么东西啊？”弗拉姆巴斯说道，那个很暴力的东西给他留下了深刻的印象。

“在琳法比安卡他们叫它‘电锯’，它能

在短短的几分钟里砍掉一棵古老的橡木树。”女精灵喘了一口气，又接着说道：“我要下去，我们不能在这里看着而什么都不管！”

“别去，迪迪！你想干什么？停下来！！！”弗拉姆巴斯试图去劝阻她，可是他的朋友已经驾驶着她的鸢，正向人类冲过去，很坚定，一定要去制止他们肆虐的行为。

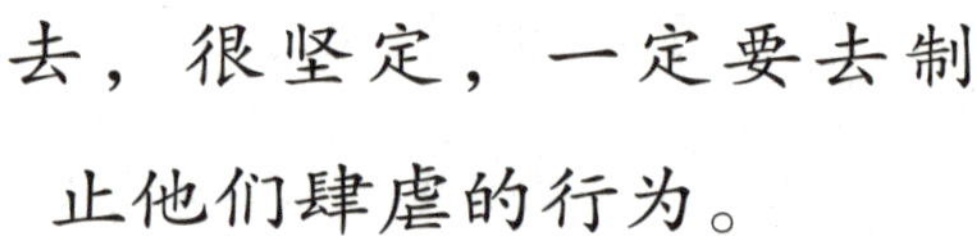

迪迪还在半路的时候，突然看见从松树间喷出来了像滚动的雪球一样的东西，然后喷雪面积逐渐扩大沿着树林的边缘形成了一个扇面。她让吉尔波在树枝上落下来，在离那儿不远的地方，她终于认出了他们。

“那些是……”

“福尔西科！”弗拉姆巴斯补充道，和阿尔坎也落到了同一棵树上。

他们都统一穿着奇怪的白灰色点点制服，脸上也涂上了同样的颜色。其中一个和其他人有着明显的区别，在他眼睛的下面涂了两条粗粗的白线，还斜着戴一顶白色的贝雷帽，领导着其他人，自信地喊道：“大部队，准备好爬上去了吗？冲啊！”

战斗的福尔西科们像树上的蜘蛛一样都爬上了树，让冻成了冰的松果像下雨一样砸到工人们的头上。

在树下的人们被这突如其来的冰块砸到了，有的人甚至还拿着斧头冲着树顶上的“松鼠”大喊道：“哎！不是该冬眠了吗？赶快回到你们自己的窝里去！”

电锯刚刚开始恢复工作，精灵们的指挥官便下令进行第二次攻击。几十个福尔西科，从松树上往下扔松果、木头棍打在可怜的伐木工人的头上。

“你们快从这儿走开！哎呀！这些可恶的鸟是怎么了？！哎呀！”那些人喊道。

这时，又来了其他的福尔西科士兵，从树上往下扔粗大的蜘蛛丝，让这些丝掉在了他们每个人的脖子上，上面涂了厚厚一层的荨麻粉。

看着他们那有趣的样子可真好笑，那些可怜的工人，把手里砍树的工具都扔下了，开始使劲儿地在树皮上蹭痒痒，像一群狗熊一样！

“这个季节有红蚂蚁吗？！”有人喊道。

“快，我们快离开这里，在被活活吃掉之前离开！”

终于伐木工们关上了他们的电锯，边叫着边抗议地离开了。

“胜利啦！”小精灵们喊道，向天空举起胜利的拳头。

“我都不敢相信我自己的眼睛！”弗拉姆巴斯看完了那场景后，小声地说着。

迪迪在看完这么速度这么有效的进攻之后，也不知道说些什么了，在最后一刻她才发现，在他们背后正有一个长腿族冲过来，他正在使劲儿想逃脱一只凶猛的啄木鸟的追击。

“弗拉姆，小心！”女精灵看到后喊道。

弗拉姆巴斯还没有看到他们的指挥官下令，五个小精灵就已经开始行动了，他们扔出

了五根长长的透明的绳子，上面装有可以牢牢抓住树皮的钩子，三根用来绊倒长腿族，另外两根抓住了附近的树枝用来保护迪迪和弗拉姆巴斯。

一分钟后，戴着贝雷帽的福尔西科来到了他们面前，快速地行了一个军礼，从头到脚地打量了他们一番，介绍道：“我是第四海豹袭击队的指挥官瑞德·布里顿。”

“指挥官？海豹袭击队？”弗拉姆巴斯感到惊讶地重复着这些对精灵来说不寻常的语言，“那你们是……福尔西科吗？”

“当然是了。”那个精灵回答道，“那你们又是谁？”

“我的名字是弗拉姆巴斯·格林，波南特区域的负责人，然后她是……”

“弗拉姆，我自己来介绍，谢谢！我是迪迪·

卡佩尔维内莱教授，我是大碧翠仙的女儿！”

听完这话，指挥官马上立正站好，又敬了一个军礼，接着说道：“我很荣幸你们能来第六十六区域。刚刚你们躲过了一劫。如果不是我的人救了你们的话……”

“就算没有你们的人，我们也会平安无事的。”迪迪打断他说道，两只眼睛冒火地看着他，“不过还是要谢谢你……”

“能告诉我为什么你们离开家那么远来到了这里吗？”精灵换了个话题说道。

“为了我爸爸！”迪迪答道，“几天前，他从林法多罗来到了这边。他是要来见一个叫

兰道夫的人的。”

听到这个名字后，指挥官的眼睛亮了一下。其他的精灵也都互相交换了一下眼神，但谁也没说什么。

“我们怕大碧翠仙会出什么事。”弗拉姆巴斯补充说道，“顺便问下，你们知道什么消息吗？”

“教授，我很抱歉，但他从来没来过这里。”指挥官摇着头说道，“但如果你们想见兰道夫长官的话，我可以带你们去。”

“兰道夫长官？”女精灵怀疑地问道。

“是的。”福尔西科确定地回答道，“他是我们部队的首领。是兰道夫带领我们取得胜利的！跟我来。”

弗拉姆巴斯和迪迪都哑口无言地看着对方。

8. 更糟糕的事

第二天，检查和听诊异日城里树木的行动早早地开始了。

果核和莴笋喜欢一起工作，他们要负责整个一片住宅区域，全是小别墅前面带个院子的那种，那里车子不是很多，但唯一要注意的就是小心那里的看门狗。

欧拉乔找到了一双儿童的鞋子（其实是女孩的鞋子）给特罗戈罗穿。尽管鞋子是红色的，小精灵也立刻穿上了，没有任何不情

愿，但他怎么也不愿意穿上袜子。

“我脚会痒！不嘛！”他强烈地反对着，然后生气地走了。

外面的温度又下降了，绿细胞组织的小家伙们不止一次地使用了迪迪教给他们的给树取暖的方法，“树根取暖法”（找出树的根，把上面的土弄掉，然后使劲儿地用手指和手掌挠它），或者用“撞击取暖法”（其实就是用一些坚硬的东西，像松果和石头，直接撞击树皮）。这后一种方法也是特罗戈罗最常用的，他喜欢让后背得到锻炼，动作有点像狗熊，他那个大屁股在树干上上来下去的，树和他都得到了满足，因为他自己也暖了身子。

早上一切进行得都很顺利，但是到了下午的时候气候一下子变得更恶劣了。又开始下雪了，气温也跟着降了下来。提密斯和卡尔洛塔不得不待在家里。福尔西科他们还是正常出门去做自己的工作，而欧拉乔却自己一个人留在了植物园里，透过他屋子的玻璃墙看着落下来的大雪花，背着手，皱着眉头，不知道自己是更心疼这些小精灵还是他的树木了！

他转过头看见在他的桌子上有一个包袱，肯定是有人忘了带听诊器了。

欧拉乔总是用人类的方式去照顾那些花草树木，但他对迪迪的实用植物学总是很好奇，尤其很欣赏她非凡的成就！就这样，他连想都没想，就带上了那个木头做的东西，

戴上帽子就出门了。

幸运的是，公园里一个人都没有，不然的话很难解释，他这样一个绅士耳朵上戴着一个像弹弓的东西趴在树上听着什么！那个东西用起来可不是那么简单的，他听了一遍又一遍，但什么声音都听不见。

有可能他是有点耳背，也可能那个听诊器是坏的。他集中精力地听着一棵白枫树，当他都要放弃了的时候，突然，他好像终于

听见了那个植物的“歌声”，一种很急的嗡嗡声，很有规律地响着，嗡嗡嗡嗡嗡……

他马上来了兴致，现在他会用了，开始把尼法阿公园里的树都查了一遍（尽管迪迪在临走之前都已经检查过了）。在都检查完了之后，他来到了他最爱的巨型红杉跟前，可能是这棵树跟他一样，都是年龄一大把的缘故。“你好啊将军！有点冷了，是吧？”他看着那四十米高的树干说道，“你看我这儿有个好东西！你已经知道是什么了，对吗？好，现在我也学会用它了。你介不介意我来给你检查一下啊？来，深呼吸一下……”他说着，就把听诊器放到了它那厚厚的红色树皮上。

“嗯，我什么都听不见……噢，天哪……有了！听到了！但是……我的天哪……将军……”

欧拉乔的脸色一下子就变了，担心地看着被白雪覆盖了的大树，又重新检查了两三遍树发出的声音，以防自己听错。最后，他抚摸着红杉的树干，什么也没说，低着头回到了他的办公室里。

黄昏的时候，福尔西科的团队们结束了他们的任务，回来时都冻僵了，但没有看到欧拉乔像平时一样泡好了暖暖的粉色蔷薇茶等他们，而是有心事地奇怪地坐在那里。

“出什么事了？欧拉乔先生，”莴笋担心地问道，“有什么不对劲儿的吗？”

“将军树不好了，我想它是生病了……”

9.一个不太符合福尔西科的行为

六十六号区域的整个总部都在地下，对于福尔西科们来说这很正常，不过这里的伪装系统确实不寻常，非常的复杂，按照传统的想法是找不到入口的。通常入口会在一棵大树的树根部，而这里的入口却是一个大的蚯蚓洞。

“天才吧？”指挥官布里顿看到弗拉姆巴斯和迪迪惊讶的表情后问道。

两名士兵一路护送着他们三个精灵，顺着一条长长的通道，慢慢地往地下的最中心

走去。直到走到了另一条又矮又四四方方的通道里，墙上的火把照亮了整条通道。

“这些是火柴。”指挥官指着解释道，“是我们从长腿族那里偷来的，但是我们做了改进，因为它们燃烧的时间实在是太短了。挺亮的不是吗？请这边走……”

他们穿过了一间又一间的房间，直到走到一扇深色的木头门前，门的两边各站了一名

身材强壮、高大的福尔西科卫兵。他们刚一看到三个精灵，马上立正站好，鞋子的后跟发出很大的相撞声。

布里顿点了下头，然后敲了门，还没等里面的人回复，就进去了。

弗拉姆巴斯和迪迪也学着他的样子走了进去，后面的两名士兵就像两个影子一样跟着他们。

这时看见一个和他们差不多高的福尔西科，但比他们要强壮得多，正俯在一张橡木桌子上，看着一张类似地图的东西，两只眼睛紧紧盯在那张纸上。他专注地把他那方方的下巴收得紧紧的，厚厚的金色头发耷拉到他的前额。旁边站着两三个留着短胡须的精灵。他们都是一副很担心的表情，在激烈地讨论着什么，轮流在纸上指指点点的。这时第三个声音的出现，打断了他们，他们一下子都没声了。

“兰道夫长官，对不起打断你们了。”布里顿说道，轻轻地低了下头，“有人想要见你，她带来了有关大碧翠仙的消息。”

金色头发的精灵转过身来，看着这两个新来的人，迪迪发现他有着天空般颜色的眼睛。

“欢迎你们，我的朋友！”兰道夫朝他们走过来，笑着说道。

“希望你们从大碧翠仙那里给我带来了好消息。不知道我是在和谁说话呢？”

“他的女儿，迪迪·卡佩尔维内莱教授，还有波南特区域的负责人弗拉姆巴斯·格林。”

长官迟疑了一下说道：“真的啊，您是他的女儿……哦，真不敢相信！很荣幸您能来这里！也很欢迎您，弗拉姆巴斯·格林先生！很遗憾我没有太多时间招待你们，我们这里有

个很紧急的情况要处理，所以希望你们可以长话短说。你们带来了什么消息？”

“我爸爸，”迪迪说道，“几天前就出发了，要来找你们，看样子他还没有来过这里。我想知道他现在到底在哪儿！”

“您的爸爸？真的吗，要劳烦大碧翠仙来这里？为什么呢？”

“因为他不喜欢你们的方式！”弗拉姆巴斯立刻回答道，“如果你想知道的话，他也不喜欢你们！战争不是一个福尔西科应该做的！”

“战争！弗拉姆巴斯·格林先生，这个词太严重了！我的行为不是战争，只是自卫！”兰道夫看着他的同伴们笑着说道，“对长腿族们破坏行为的自卫！”

“可惜福尔西科们不是用攻击来进行自卫的！”迪迪反对地说道，“你们在外面使用了武器！我们刚才已经见识过了！”

“真的吗？你们怎么看？我们很棒，是吧？投掷和击打的速度都和松鼠一样了！不错，是吧，嗯？这还不算什么呢，卡佩尔维内莱小姐，真正好看的还没开始呢！”

“兰道夫，你们太鲁莽了！你们会向大碧翠仙解释你们的行为的！现在你告诉我，我爸爸到底在哪儿啊？”

“我已经和你们说了，我什么也不知道。这里他从来都没来过。”他不留情面地回答道，“现在，不好意思，我得准备下一次的攻击了……”

当迪迪还要说话的时候，他已经转过去背对着她了。“你们真觉得这就是解决问题的方法吗？”她问道。

兰道夫大声地叹了口气，正打算要回到他们的原先的话题上，她却一下子站到了他的面前。

然后，他用那双蓝色、很真诚的眼睛看着她，慢慢地说道：“您知道吗，教授，他们袭击这片森林多久了？十年了！你们能想象得到在这些年里他们砍死了多少棵树吗？十四万棵树啊！刚开始的时候我只是看着，希望这一幕早早结束，我保护着幸存下来的树木，我给那些受了伤的树上药，最重要的是，我希望最后能救活那些更古老的树。他们没有把最后一棵野生西伯利亚李子树砍倒，我以为自己看到了希望，我真的相信长腿族们会醒悟过来的，不会失

去一切！但是一周过后，他们不仅砍死了那棵树，还像收割小麦一样砍倒了整片的森林！从那天起我向自己发誓，我再也不会眼睁睁地看着我的树们就这样被砍死了。

“还有从那一次开始，我决定改变我的策略！”

这时他的同伴们都鼓起了掌。

“请问你们为什么没有问问议会呢？”迪迪继续问道，“我爸爸会听你们说的，会来帮助你们的！”

“没有时间了！你们也看见了，他们把森林都破坏成什么样子了！再过一个月就快砍到靠近大城市的地方去了，被砍伐了树木的地方，就不会再被种上树了。你们知道为什么吗？因为这里要修一条大马路！一条满是机械兔的路！我们需要去阻止他们！”

“如果你们阻止不了呢？”

“明天一早就会知道答案了！现在我得求您和您的朋友离开了。”

当迪迪还要反驳的时候，外面的人示意有人来了。一分钟过后，从外面进来了一位身穿同样制服的福尔西科，立正站好行了个军礼。

“现在又有什么事吗？”兰道夫长官生气地问道。

“一个好消息，先生。有六个部队的精灵刚刚从林法多罗过来。他们说是尼禄·斯格隆布斯派他们来的，林法多罗里代替大碧翠仙的，临时掌握大权的人。”

“斯格隆布斯真的派来了……军队吗？”弗拉姆巴斯惊讶地问道，“这不可能！议会不可能通过的！”

“我爸爸也从来不会通过一项这样的决议的！”迪迪喊道，“你们快停下，求求你们！在一切都太晚之前，快停止这疯狂的行为！”

兰道夫遗憾地看着她，说道：“恐怕已经晚了，教授。”然后转身回到他的士兵身边，站得很直地说道：“去和那些士兵的指挥官说，我欢迎他们，一会儿我一有时间就过去和他们打招呼。让他们住在二层的房间里。然后把这两个福尔西科带到监护室去，好好照顾。再见，卡佩尔维内莱小姐！再见，弗拉姆巴斯·格林先生！”这次弗拉姆巴斯和迪迪没有再辩驳什么就被护送着离开了。他们正要离开的时候，兰道夫靠近布里顿指挥官在他耳边说着：“在他们门口放一个哨兵看守，任何情况下，他们都不能离开那房间，我说得够清楚了吗？”

10. 希望破灭了

将军树的底部被厚厚大大的稻草垫子包裹着，为了让它不被冻到。但更糟的事还在后头呢……

那天夜里，异日城下了一夜的雪，足足有一米多深。电视上报道说，最后一次出现这么寒冷的天气还是在八十五年前！

第二天早上，整个城市都静止了，汽车在车库里停着，或是被厚厚的积雪覆盖着，飞机、火车都不能运行了，办公室和学校都关了

门（大人和孩子们都高兴了）。除了走路，没有其他出行方式，广播里也建议大家在不必要的情况下就不要出门了。所以，大家都更情愿待在家里，等着天气好转起来。

但实际上，天气却越来越糟。雪倒是不下了，但是温度越来越低，中午十二点的时候，气温表显示已经零下十度了！

“一股寒流正从北方袭来。”在欧拉乔的“老窝”，收音机里传来这样的话。

守园人担心地看着自己被冻紫了的手，果核和莴笋紧挨着炉子，和噶尔外斯顿还有依波利达挤在一起，为了不放过一点点热气。

只有特罗戈罗英勇地站在玻璃门前面，

看着门外那使他出不了门，围墙似的白雪。

“我们有麻烦了！”守园人说着，“我们困在这里动不了了！”

“我们已经做了所有我们能做的了，欧拉乔！”果核试着安慰他说道，“就算弗拉姆巴斯和迪迪在的话也无能为力……”

“可能吧，天气越冷树木们就越痛苦。”

“雪不能给它们当被子用吗？欧拉乔·普莱斯科特先生。”莴笋问道。

“一些植物可以，但有些植物可再经受不起这么冷的一宿了。尤其是将军树……”

“植物们很痛苦啊！”果核认同地说道，“像一只被关在笼子里的老虎一样。”

“那棵树的年龄比我大两倍呢，一直都在这里，几乎成了这里的象征了。如果它死

了的话，我永远都无法原谅我自己！我们必须做点什么！”欧拉乔坚定地说着。

“我同意，但怎么做呢？”果核强调着。

“我们照样出去。”守园人说道，“我们试着走到它那里去。”

“好噶！”特罗戈罗马上赞成道。

“可欧拉乔先生，你看一眼外面！”莴笋打断了他的话，“雪这么大没有办法出去啊！”

守园人马上站起来，走到一个柜子前面，打开柜子，拿出了铲子和园艺铁锹。“我们挖一条小路出来！”他眼睛发亮地说道。

他们没有间断地整整工作了一上午，挖了一条通到栅栏门的小路。他们都没了力气，也没有看见任何来尼法阿公园帮忙扫雪的人。只有他们几个，他们只能靠自己的努力了。到了下

午三点多的时候，在他们已经不抱任何希望的时候，突然听见从雪墙的另一边传来了熟悉的声音。

“欧拉乔！我的朋友们！是你们吗？”

“是孩子们！”守园人听出了他们的声音，“卡尔洛塔！提密斯！你们能走到栅栏门这里来吗？”

他们在雪地里朝这里走着，终于见到了他，还有绿细胞组织的小家伙们。

他们的到来给不太成功的他们打了气。

“市里的情况怎么样？”老守园人问了第一个问题。

“特别美！”提密斯笑着回答着，穿着件爱斯基摩人服，“像走在一个迷宫游乐园里似的！”

“很惨！”卡尔洛塔做着鬼脸说道，“他们挖了通道，路上很难走，没走几米就会迷路……”

“那救援车辆呢？”欧拉乔继续问道。

“我们连一辆铲雪车都没看见，我们都怀疑能不能走到这儿来。”

“明白了，我想我们还是靠自己吧。你们也拿着工具，跟我来……等等，你们在这里等我！我先要回去拿个东西……”

他一下子就消失在了雪地里。谁也没有想到他要去干什么，最后莴笋想到了，“我明白了！他去拿卡佩尔维内莱小姐留下的神奇药液了！”

她猜对了。欧拉乔拿着瓶子回来了，放到了他那安全的军绿色的书包里，然后在雪上画了一张尼法阿公园的地图。

“我们现在在这儿。”他边说着边用手指画了一个十字，“然后将军树差不多在这儿。从这儿到十字那儿看上去有五米的样子，所以，来吧，开始挖吧！”

面对着厚厚的积雪，他们有铲子、有铁锹，还有满腔的热情，立马就使劲儿地开始挖了。但是那短短的几米，仿佛好几千米一样，没一会儿他们就没了力气！

当他们终于靠近那棵巨大的红杉树时，只剩下特罗戈罗和守园人还有点力气了。他们咬着牙，一厘米一厘米地往前，最终一堵堵在他们和树之间的雪墙也倒在了他们的脚下。

“你们赶快看看它怎么样了！”欧拉乔下令道。

果核和特罗戈罗马上戴上了听诊器听着树干。莴笋用耳朵就能听。三个人听完了之后，都摇着头没有说什么。可怜的将军树好像死了。

“我们怎么也要试一试啊！”欧拉乔喊道，“快，把它的树根露出来！”

他们又开始一起铲着，几分钟之后，圆形的花坛就露出了树根。

特罗戈罗有一把小小的镐，他就开始用它

撬开那些被冻硬了的土，把在土下面的树根露了出来。

“现在你们都退后！”欧拉乔小心翼翼地从书包里拿出了珍贵的夜星提取液。

他的手都冻僵了，一点点地动着。在结了冰的地上走着，千万不要摔倒，但就是一瞬间的事，他一只脚向前一滑，而小瓶子就从他手指尖飞了出去！

当它飞到半空中的时候，所有人的眼睛都盯着它。

“我来接！”卡尔洛塔喊道。

“不，我来接！”

她弟弟喊道，和她一起往前跳了出去。

“是我的！”果核说着。

“现在看我的吧！”莴笋喊着。

“哦！噶！”特罗戈罗说着。

最后的局面都能预想到了，头碰头地都摔倒了，而小瓶子也摔在了地上，啪的一声，一股黄烟冒了起来。

所有人都不说话了，揉着头看着地上的坑，和摔得粉碎的玻璃。

正像他们看到的那样。

11.攻击

在太阳还没有升起来的时候，兰道夫的士兵们已经收到了作战计划。

不同的营被安排在了不同的地方，把森林包围了起来。就等着长腿族们一开始工作，他们就会一个接一个地出击。

由林法多罗挑选来的六个部队排在最后一个出击，加上其他所有剩下的队伍，进行一次强烈的攻击。

“这将会是值得纪念的一天！”长官总结

说道，并和每个人说着好运。

福尔西科的战士们在雪中藏了十几分钟了，等着人们到来，连一块肌肉都不敢动。

终于一辆破旧的臭臭的货车开了过来，卸下了六名伐木工人，他们很高大强壮，穿着和上回一样的制服和到膝盖的长靴，一边说笑着，一边从车后面拿下了工具。

“笑吧，你们笑吧……”兰道夫在下令第一次进攻之前小声地说着。

电锯咆哮地响了起来。当一个工人刚刚靠近一棵粗大的云杉树干

时，兰道夫的手挥了下来，雪就像面粉一样被福尔西科们直接倒在了伐木工人们的头上。

战斗开始啦！

一场看不见的战斗，看不见人影的战斗。

埋在雪下的那些错乱的树根缠住了他们的脚腕，一团团黏黏的树脂不知怎么就粘到了发动机和电锯的手柄上。淘气的小鸟们偷走了他们的帽子，还在他们笨笨的头上留下了臭臭的“回忆”。

弗拉姆巴斯和迪迪被关在离战场几百米远的房间里，他们觉得自己被当成囚犯一样被看守着。

他们请求想要出去和兰道夫长官说话，而在门口把守的那位高大的福尔西科，却简短又无情地说道：“我很抱歉，但这不可能！为了

你们的安全，这是长官的命令。”

“我自己会照顾自己的安危！”迪迪透过一个朝走廊开着的小窗户喊道，“把这扇门打开，可恶的野兽！”

“我很抱歉，但这不可能。”另一个精灵回答道，并没有露面。

迪迪骂了所有她知道的能骂的精灵话（有些话甚至让弗拉姆巴斯脸都红了），然后来了一句：“你不知道我是谁吗？如果不马上开门的话，我爸爸会来找你算账的！”最后，看到连这么说都没有用，又开始恭恭敬敬地恳求：“求您了……您就帮个忙吧……我求您了。”

所有计划都泡汤了，要改变战术了。

“弗拉姆，快想点办法啊。”她最后对着

她的朋友说道，“不管用什么方法我们必须离开这里！”

“你说得倒容易！这些杆子都是橡木做的，就算我们能把门锁撬开，可怎么对付门口那个大大的家伙啊！除非……告诉我，你随身带了植物学旅行箱，对吗？”

“是的，怎么了？”

“我可能知道该怎么做了……”他笑着小声地说道。

锋利的冰柱从云杉的树枝上掉下来，砸到了不止一个伐木工人的头上或者胳膊上，但工人们并没有怀疑是有人在攻击他们。被雪砸到了，他们会以为是冬天里的大风吹的。还有在树和树之间看到有锋利的带刺的树枝，他们会以为是大自然的关系。

其实这都是兰道夫致命的战斗策略，机器卡住了，斧头神秘地消失了，靴子被扎破了洞，雪地里突然就裂开了，头盔被卡在树枝上，然后被挂到了树顶。就在这时一堆冰冻的松果又砸向了他们无助的脑袋！

“唉，今天真是没法工作了！比昨天还糟糕。”有人喊道。

“你可以说得更大声点！树木好像在反抗我们呢！”

“反抗个屁！”一个长胡须的男人说道，看样子应该是他们的头儿，“你们继续砍！在今晚之前，我们要砍完这里！”

“可我们没有电锯怎么砍啊？”

“用斧头！”

“我们也想啊，但是一半的斧头都不见了！”

“好吧，我们只能来硬的了！”那个高大的人说着，然后去车上拿了一个金属罐下来。他把盖子打开，然后围着森林跑了一圈，把那臭臭的液体倒在了每棵树的树根部分。随后点燃了一根火柴，让所有人都往后退，然后把火柴扔到了地上。

火迅速烧了起来，顺着树蔓延起来，形成了一堵隔在人类和精灵之间的火墙。

“撤退！”兰道夫冲着他的士兵们喊道，

“立刻撤回去，快！”

但是火势蔓延得太快了，大火把他们包围住了。当兰道夫意识到他们可能会被困在这大火里出不去的时候，背后冒出了一股冷气。

“你们快跑！往这边！”他边跑边喊着，试图在大火中找到一条出路。

他们没想到的是，长腿族们也遇到了同样的麻烦。

事实上，火灾一旦发生，烧到树的顶端就是一瞬间的事，也是他们无法再控制的了。不知道怎么搞的，刚刚还在伐木工人面前的火，一下子已经烧到他们身后去了。

但人类的腿比精灵的要长，所以尽管也不容易，但是还是他们先逃出了被毁于一旦的森林。

就在这时，弗拉姆巴斯和迪迪气喘吁吁地往这边跑了过来。他们把房间的窗户打开了，然后藏了起来，让看守的人以为他们逃走了，这个人走过来，从小窗户往里一看，没有看见他们，连忙打开门进来了。这时他们往那人身上喷了一下荨麻粉，看守的人就开始疯狂地挠自己的脸、胳膊和后背了，他们就趁机逃了出来。

不过他们来得太晚了。看见森林被大火吞没着，两个人都很失望。

弗拉姆巴斯先听到了精灵们的呼喊。“有人能去求救吗？”

“是兰道夫手下的精灵！”迪迪也听到了，“快，弗拉姆！我们该怎么做？”

“我们的鸟！是唯一的办法了！快叫它们！”

他们立刻用尽了全身的力气吹响了哨子，但它们落地后，就连两只飞禽都接近不了火焰。

迪迪和弗拉姆巴斯就这样看森林燃烧着，什么也做不了，也帮不了困在里面的几十个精灵！

12.
神秘的种子

突然间，在噼啪作响的火焰燃烧声中，传来了另一种声音，那个响声很像纸被弄皱的声音。弗拉姆巴斯和迪迪感觉到这个声音正穿过森林朝他们过来。这个响声越来越大，随之火焰就变得越来越小，留下了一片灰色的浓烟。

一股股的灰色烟雾越来越大，直到覆盖了整片森林，像被子一样把火扑灭了。小精灵们突然停止了尖叫，随之全都开始咳嗽了

起来。但这个声音还是没有退去，反而离他们越来越近。

“你看，弗拉姆！”迪迪拉着他指着地上说道。

他们看见了一个类似绿色地毯的东西正朝着他们飘过来。

“是麝香！一张麝香地毯在飘着……把火给扑灭了！”弗拉姆巴斯观察后说道，毯子走过的地方火苗就被扑灭了。

迪迪把两只小绿手都放到了嘴边。

“我知道只有一个精灵能有这样的能力可以做到这样的事……”说着说着，她眼泪就流了下来。

风几乎一下子把烟雾吹散了，留下了一片黑与白的风景，在污浊的雪和被烧焦的树干

中间，他们看见了一个老精灵慢慢地出现了，穿着一件到脚的长外衣。

第一个认出他来的就是他的女儿了，然后是弗拉姆巴斯。

被派来的六个部门的军人首先向他俯身致意。

最后其他的军人也对大碧翠仙俯身致意。

“我怕我再也见不到你了。”迪迪哭着一直抱着爸爸，亲着他的脸。

“哎，哎，冷静点！想把我这么一个老橡树扳倒可没那么容易！”他咯咯地笑着，充满爱意地抚摸着她。

“您到底发生什么事了？”弗拉姆巴斯问道，而其他

刚刚参与战争的精灵都很害怕。

“可怜的尤妮斯受了伤。在我们来这里的路上，一个偷猎者打中了它。一颗子弹打穿了它的翅膀，我们就掉下来了。长腿族的狗闻见了气味差点就找到了我们。幸运的是，我一直都把这个带在身上！”说着奥林普斯从口袋里拿出了一个像是紫薯的东西。

这东西有一股非常浓重的臭臭的气味，所有人都把鼻子捂上了。

“这是什么啊？”弗拉姆巴斯好奇地问道。

“这是‘迷幻茎’，一种类似马铃薯块的东西，就连再灵敏的嗅觉也可以被混淆。只要在雪上划上几米就能让我们的敌人完全迷失方向！”

“那尤妮斯呢？”迪迪担心地问道。

“它现在很好。别担心，它已经可以飞了，最多再等上几天它就能带我回家了。正好这几天可以来处理处理这边的事情。”她爸爸

回答道，边挠着额头，边看了一眼四周。

被派来的部队的指挥官还在那里俯身低着头，其他的福尔西科也几乎都和他一样。

大碧翠仙示意他们起身站好。“谁是兰道夫？”他问道。

从他身后慢慢地走出了一位身材矮小但很强壮的精灵，脸上满是灰，有着一双天蓝色的眼睛。

“我是兰道夫。”他走到大碧翠仙的面前，看着他的脸毫无畏惧地回答着，“今天所有发生的事情都是我的责任，我会对此事负责的，但请不要追究我的士兵们的责任，他们只是执行我的命令而已。”

“嗯……”大碧翠

仙捋着胡须说着，“你的行为很高尚，但不知道议会的决定会不会这么仁慈。看看由于你们的鲁莽而被破坏了的森林！”

兰道夫在开口说话之前攥紧了拳头：“不是我想要毁掉这片森林的！我只是想保护它！”

“但你没有做到，对吗？”大碧翠仙问道，有点微微讽刺地笑了笑。

“没有。”兰道夫承认道，低下了头，“长腿族们比我们强大……”

“错了！长腿族们是没有脑子的傻瓜！”奥林普斯喊道，脸整个都红了。

“如果我们和他们用同样的处事方法的话，他们要比我们强！可我们是精灵，

我们的行为必须和人类有区别！”

“可是……”他还要辩驳。

“可是什么？你说过长腿族们更强对吧？好吧，我来这里就是让你们见识见识不一样的结果。你们全跟我来！”

兰道夫吃惊地看了老精灵一眼，然后就往后退了几步，和其他福尔西科一起跟在了他后面。

就这样，一支绿色的小游行队伍穿过了还冒着烟的森林，走下一座雪山，走过涓涓细流的冰河，还有一连串望不到边际的矮小山丘。他们跟在大碧翠仙后面走了很长一段路，没有说一句话。迪迪、弗拉姆巴斯和兰道夫走在其他人的前面。

“我们到了！”最后大碧翠仙喊道，让

所有人都停下了脚步，他们来到了一片被大雪覆盖住了的大山谷里。第一眼望过去，像是一片荒漠，在春天也就是长点草，开点小花的样子。但是仔细看过去，所有的人才发现在积雪下面藏了什么：他们脚下，正藏着被积雪覆盖着的几十棵云杉树的小树苗，小树苗有十来厘米高的样子，一眼望不到边。

“是一片森林！一片刚刚生长出来的森林！”迪迪喊着。

“是啊。”她爸爸回答了她，“还不到两个星期。我还是能干点什么的，是吧？”他活动着那双深绿色的手说着，绿树汁液的能量已经无限地流动起来了。

“我从没见过这样的事……”兰道夫困惑地小声说道。

“成千上万棵，准确地来说。我粗略地估算了一下，长腿族们用他们的电锯到底毁掉了多少棵树木，我就种了双倍的树出来。”大碧翠仙一只手搭在反叛精灵的肩膀上解释道，“这样才是我们对待事情的方式，福尔西科，我的朋友。长腿族们是笨蛋，这是不假，他们生性自由，自由是需要保留的。我们的任务就是保护大自然。可能有一天长腿族们会明白，大自然也是他们的一员！”

兰道夫听着那些话，没有说话，而是看着那山谷，在不久的将来会被一片巨大的森林覆盖。

“哎，差点把最重要的事情给忘了！”大碧翠仙继续说道，他走近其中一棵树苗，好像是其中最大的一棵。他把上面的积雪弄掉，兰道夫马上就明白这是什么了。

“那是……那是一棵西伯利亚野生李子树！怎么可能……它已经消失了！”

“我也是这么想的，我的孩子。但是就在我整理这些树的时候，发现了在雪地里埋着的一个被冻住了的果实，我马上就认出了它，只有西伯利亚的李子的核儿是三角形的！尽管核儿被冻住了，但一点问题都没有，绿树汁液可以让一根干枯了的树枝重生。

所以你要是好好照顾它的话，是可以让它重生的，你觉得呢？”

兰道夫什么也没说，他哭泣着抽动着双肩，眼睛里满是泪水。他抽出了腰里的弹弓，扔到了地上。其他的士兵也都跟着他扔掉了弹弓。

13.重返家园

谁都不会知道，在临走之前，大碧翠仙和兰道夫都说了些什么。

唯一知道的就是兰道夫还是留在莱万特地区六十六号区域管理者的职位上，只有一项硬性要求，就是每个月他要提交一份有关这些新云杉树的成长情况的报告，而议会决定让他同时实行造林的任务。

但大碧翠仙和尼禄·斯格隆布斯说的话，全林法多罗没有人不知道，大碧翠仙的

尖叫的大嗓门，尽管在关着门的办公室里，他和议员的对话都能让数百米以外的人听见。可能不是每个词都听得那么清楚，但是对话的内容还是能听清楚的，大概意思是这样的："这是我最后一次让你在我缺席的时候掌握大权了，你这个脑子进了水的家伙！如果你下次再做出一个和我意思相反，有悖于福尔西科行为准则的决议的话，我就捆了你的手脚，然后扔到离这儿最近的一个城市去，把你一个

人扔到最热闹的一个大广场中间，任长腿族们摆布！我说得够清楚了吗？”

从门前无意经过的精灵们，都纷纷议论着，尼禄·斯格隆布斯从那里出来时一定是煞白的而不再是绿色的了。但是没有一个人可以确认这个说法，因为在随后的一个月里没有人再见过他。

在回到异日城后，弗拉姆巴斯和迪迪的待遇完全不一样。

像迎接两个打了胜仗归来的士兵一样（实际上也差不多……），大家一起庆祝，碰着杯，喝着蜂蜜糖浆，迪迪问的第一个问题也是所有人都想到的：“树怎么样了？它们都好吗？”

三个绿手精灵和三个长腿族的脸色一下就严肃了起来。轮到欧拉乔回答了：“嗯，一言

难尽哪，不好讲。”老园长尴尬地咳嗽着，“我们已经尽了最大的努力了，但是……”

“但是什么？”迪迪紧张地转向他问道。

“但是气温降到了零下好几度，气温太低了……然后听诊器也出了问题，还有绿树汁液……所以就……”

“所以就什么？别让我着急，欧拉乔！”

“就这样，我想几棵白色的小枫没有被救活……”

“还有市中心的一棵玉兰树……”卡尔洛塔伤心地补充道。

“更不用说那些在公园游乐场里的连翘树丛了……”提密斯插话道。

“我觉得靠近海边的几棵棕榈树好像也有点病了，卡佩尔维内莱小姐。”莴笋说道，“对吧，

果核？”

“还有可怜的将军树……”

“不！将军树可不能！”迪迪紧张地喊道。

“我们非常抱歉，小姐……”精灵们脸全红了。

“对，真遗憾……呜嘎！”这就是特罗戈罗的道歉。

“你们为什么没有用那个我留给你们的小瓶子里的液体呢？”

“我们试了……”欧拉乔回答道，“但是当时我的手都冻僵了，地上还全是冰……真是的！就这样我……我就摔倒了！”

迪迪脸上毫无表情地看着他。“摔倒了？真的吗？”

“是的，但和他们都没关系，是我的错！”

“不对，卡佩尔维内莱小姐！全是我的错。你知道我很笨的！”

“你确实很笨，”果核打断她说，“但这次和你没有关系。是我的错，小姐！”

“不！特罗戈罗的错！呜嘎！只是特罗戈罗！”

“好了，大家，事实就是事实。”卡尔洛塔最后一个说道，“你们知道是我和提密斯让小瓶子摔碎的！”

“确实是这样！”她弟弟最后确认道。

迪迪怀疑地看着他们，在开口问之前，小声地说道：“你们是想说将军树也没能挺过去吗……”

“嗯，”欧拉乔回答道，“那时候我还担心会有更糟的事情发生……但是最后，

我们想着，与其在那里垂头丧气，不如想办法做些什么。你真应该看看当时的果核和莴笋！他们在那里给树根挠了几个小时来给它取暖，而特罗戈罗尽力地用撞击树干的方法给它取暖。然后提密斯负责试图用最‘热’的音乐来安慰将军树，卡尔洛塔帮我给它缠垫子。最后，经过所有人的努力，最坏的情况过去了，不过我们现在还不能说我们的老朋友已经没事了。”

在沉默了片刻过后，弗拉姆巴斯用骄傲的眼神看了看他的绿细胞组织的小家伙们。迪迪感动地笑了，不慌不忙地打开了她的植物行李包，她又拿出

来了一个用软木塞子塞着的长长的玻璃瓶，里面盛着淡黄色的液体。

“是我想的那个吗？”欧拉乔抱着希望地问道。

“‘尿液’？”莴笋疑惑地问道。

“看见没？你就是个笨蛋。”果核挖苦地说她，“上次你已经问过啦！这个是夜星提取液，一种已经不存在了的花！”

所有人都停顿了一下，精灵们都想了一下刚才他说过的话，问道：“不好意思小姐，如果是一种已经不存在了的花，那你是怎么又有一瓶的呢？”

“实际上这不是我的，是我爸爸的。他想到了莱万特很冷，所以带在身上，以便给那些有危险的树木使用。但是他没有用到，所以

就把它送给了我。如果我们抓紧的话，还是可以救活那些树的，尤其是将军树！”

他们抓紧每一分每一秒的时间，最终取得了很不错的效果。他们在树根上滴了一滴液体，随后已经冻住了的汁液慢慢地开始流动了起来。已经枯萎了的树干，奇迹般地又有了“声响”。

所有有危险的树木，在那个冬天都存活了下来，不管是城市里的，还是森林中的；无论是波南特的，还是莱万特的，尤其是异日城植物园里的那些树。

当然也包括将军树，它可是好好地睡了一觉，但可把欧拉乔和其他所有关心它的人都吓了一跳。

“你可不能再开这种玩笑了，明白了吗？”

当所有的一切都过去了之后，老园长冲它喊道，“我也老了，我的心脏可受不起再一次的打击了！”

几个星期过后，春天来了，迪迪给她爸爸写了一封信。

信上是这样说的：

亲爱的爸爸，

我从来都没有像这次这样这么崇拜你！

比你在弗拉姆巴斯的爸爸失踪之后让他和我们住在一起，还有你当选大碧翠仙的时候都崇拜你！

你这次在莱万特做的事情我永远都不会忘记。你不仅仅是救了被毁坏的森林，你还从废

墟中拯救了一个精灵（或是说很多的精灵）。

如果有一天我结婚了，有了自己的小精灵宝宝，（你不想当姥爷吗？）我永远会记住这一课的，不要总去纠正一个人的错误，要学会用心来教会他。

现如今我这里春天已经到了，树木们都很好。夜星提取液真是太神奇了！（但你真的把怎么配制的方法给忘了吗？你会后悔的！）这次大部分的功劳还是归功于欧拉乔、卡尔洛塔、提察斯和我们绿细胞组织的小家伙们，他们在我和弗拉姆巴斯不在的这些日子里做了很多事。你是没看到特罗戈罗是多么认真地来当这个代理管理者的！不用说，比你的尼禄·斯格隆布斯好多了！（在你下次再选择副官的时候，你可要记住这次的教训。）

对了，我忘记说了，谢谢你送给我的种子。欧拉乔非常的高兴。我们刚刚把它给种上了。等

到它长大了以后，我们就把它放到植物园一进门的地方，左边放一盆，右边放一盆。

我会尽早给你寄一张照片的。你记得什么是照片，对吧？

拥抱你！

你的迪迪

迪迪把信叠好了放在了桌子上，然后就出去找欧拉乔了。她在温室里找到了他，看见他正在给一些山茶花换盆呢。

“它们怎么样？”她走近两个刚刚种上大碧翠仙送的种子的花盆问道，里面的土黑黑的、湿湿的。

“还没长出来呢……”守园人回答道，“其实我也有点失望，希望它们能早点发芽。可惜了，本还想在下周日春季开放日的时候，把它们放到植物园的大门口去呢。对了，你看见卡尔洛塔准备的精美的画报了吗？”

“画报……”迪迪心不在焉地回答道，眼睛还一直盯着那两个空空的花盆，像是在盼着什么。

“另外，大自然的东西是需要一定时间的。”守园人猜到了她在想什么，所以对她说道，“你们精灵不是也说要学会等待吗？”

“有的时候不是……”传来了女精灵迪迪的声音。

欧拉乔没有听见她说话，也没有看见她，她把手放到了两个花盆上，剩下的事就交给绿树汁液了。

当欧拉乔再次转过身来时，迪迪已经走了，可是从土里长出了两棵长长的西伯利亚野生李子树苗，很繁茂地直指向天空。

迷人的喜鹊

来自林法多罗的消息

最新消息

给尼禄·斯格隆布斯来放松和休闲一下！经过短期（但非常艰巨的）任职，至高无上的精灵让他的议员去休一个长假来缓解一下……

尼禄·斯格隆布斯

意外的飞行

作者：丝蒂卢斯·塔拉布斯

讲一讲最近发生在至高无上的精灵身上的一件不幸的事情，就是在他去往莱万特的路上发生的。今天给我们提供了一个机会来说一说这些有个野蛮人脑子的长腿族，他们居然偷猎正在迁徙的鸟类。

窥探长腿族

作者：丝蒂卢斯·塔拉布斯

意外的飞行

我们的一些鸟类朋友，在冬天要到来的时候，会往更温暖的地方迁移，会飞向正值好季节的曼提洛·威尔德的其他地方。为了不迷路，它们总是沿着同样的路线飞行，路上它们会遇到喜欢它们的长腿族用长长的“望远镜”看着它们这美丽的一幕。但是，也有长腿族会用危险的武器对准我们那些已经被迁移弄得很累的朋友。这就是为什么一些长腿族会组织人们去最危险的区域巡逻，来防止这些坏人伤害我们这些旅行的朋友。为什么今年我们不去帮把手呢？

长腿族的“长眼睛”

谁需要地图

正如我们知道的，我们这些喜欢旅游的鸟类朋友，会冬天出发夏天回来。它们要飞多少路啊？这可说不定，一些鸟不用飞很远的路，其他的（如长尾燕鸥）要在一年之间在地球的两极之间飞两次。你们会问，它们不会迷路吗？你们一定忘了它们可是无人能比的航海家啊，它们可以根据太阳和星星定位，它们能感应到大山、河流，甚至是地球的磁场效应！总之，它们身体里好像有一只指南针一样！最后，你们会问为什么它们成群地呈V字形飞行？是这样，这么飞它们可以更好地跟随着领飞的鸟，视线更好，也更容易飞行。

卡纳达鹅
在飞往南方途中

作者：西娅·芳塔尔皮娜

给植物做件衣服

当天气冷到池塘里的水都结冰了的时候，我们的植物朋友们会很痛苦。有时候一天的撞击取暖都不够给它们一点的安慰！幸运的是，有一种非常巧妙的方法，就是给它们做件过冬的衣裳……

你们需要：

一把剪刀、一些包裹用的塑料布（要足够大能够全包裹上）、一些竹竿、一些绳子（略微比你要包裹的植物高一点）

艺术、树脂和树皮

作者：西娅·芳塔尔皮娜

1 把竹竿插在植物的四周，它们是起到支撑的作用。

2 把塑料布包在竹竿上，注意不要碰到叶子，确保整个植物都被包裹上。

3 用绳子在塑料布的顶端和下端都固定上，确保不会被风吹跑，或是露风进去！

激流回旋

滑雪冠军阿尔比努斯·库尼塔正在用他那新单板练习着！你们建议他走哪条路呢？要避免撞到树和雪堆，顺利地到达避难所。

罗贝托·帕瓦内罗是谁

有一句俄罗斯谚语大概是这样说的：如果你没有上过高中，没有种过一棵树，没有生过一个小孩子，没有写过一本书，那么，生活是不完整的。

两岁半的罗伯特正坐在餐桌前，正因为这张照片，大家给他起了“西红柿酱拌面”的绰号

我不知道这句话是否正确，除了种树之外，其余的我们都做到了，而关于孩子，我的妻子和我甚至生了三个。

而且也是由于他们的原因，我开始写书。

开始的时候我给他们大声地读其他人的故事，我模仿着人物的声音，那些吵闹声，扮着鬼脸，我也从他们的脸上明白我的这种叙述方式是否有效。对于一个像我一样长期致力于戏剧的人来说这一点儿也不难，难的是找到一些适合大声阅读的故事，因此我开始自己编一些故事，直到我妻子建议我把它们写下来并让其他人阅读，从那以后我的书诞生了。

甚至现在，每当我写作的时候，我都会用耳朵和眼睛……我的意思并不是说我的眼睛或者耳朵里有笔，而是说我想着你们，我亲爱的读者朋友们，我是希望你们听得到我文字的声音，可以看到我所想象的情境。令我遗憾的只是没有和你们在一起并看看它们的效果，看看我是否打动了你们，是否抓住了你们的心。

罗贝托·帕瓦内罗

一次，当他们问罗尔德·达尔他的那些书的思想源泉是什么，他回答说：“很简单，我知道孩子们喜欢什么。”我多么想像他一样回答这个问题啊！

然而现在请原谅我，我得去种树了。

罗贝托·帕瓦内罗

斯蒂法诺·图尔科尼是谁

三岁的斯特法诺

在我小的时候，我所有的朋友都想做机器人的操作员，而我则梦想着做一个农民，因为我喜欢小动物，那时候我最喜欢的卡通形象是海蒂。

可惜的是我很懒！我喜欢赖床，当我发现在一个农场里人们黎明就起床而且工作一整天的时候，我觉得太悲惨了！！！很快我就改变了主意，我喜欢绘画，我认为这项工作唯一费力气的事就是削铅笔，绘画是极具诱惑力的，于是我决定要做一个画家，现在我和妻子生活在一起（连环画剧作家，多巧合），还有维奥拉，我们的小女儿。在闲暇时光我喜欢用木头和白垩土绘画，喜欢去山上散步、去远方旅行，我喜欢臭奶酪、肥香肠、鸡蛋奶酪冰淇淋和里窝那的鱼汤。啊，我实现了早上晚起的梦想！可惜的是每天我都得待在桌子旁绘画，或许，实际上，做机器人的操作员……

斯蒂法诺·图尔科尼

斯特法诺·图尔科尼